MARK.

MARK,

POÈME.

—

Ausone de Chancel.

—

O que trois et quatre fois heureulx sont
ceulx qui plantent choulx ! O Parces, que
ne me fillastes-vous planteur de choulx !
O que petit est le nombre de ceulx à qui
Iupiter ha telle faveur pourtée que il les
ha destinez à planter choulx !

RABELAIS.

PARIS,

CH. TRESSÉ, SUCCESSEUR DE BARBA,

Palais-Royal, grande cour.

—

1840.

A

Mon Frère Augustin de Chancel,

Lieutenant de Frégate.

PRÉFACE,

Ceci n'est point un travail de manœuvre ;

Dans ma conviction, c'est un petit chef-d'œuvre ;

Et si, moi qui l'ai fait, j'ose en parler ainsi,

C'est que je suis plus franc que vous, mes chers confrères,

Qui tombez à genoux et demandez merci,

Quand votre muse accouche aux portes des libraires.

Le grand mal, après tout, d'avoir fait un enfant,

Qu'on soit muse, épicier, poète ou jeune fille !

Qu'il s'appelle Gros-Jean, poème ou Pétronille !

Tel essaie en secret, qui bien haut s'en défend.

De cela, le pire est qui s'appelle poème...

Et c'est le nom du mien ; — mais, s'il a contre lui

Un nom qui sur sa tête attire l'anathème,

Et soit en défaveur dans le monde, aujourd'hui,

Il rachète ce mal de plus d'une manière.

Je sais bien qu'on dira : Voyez donc ce menton,

Il ressemble au menton de Jeannot ou de Pierre ;

Les cheveux sont de Paul, la main est de Gothon ;

La taille est de François, ainsi que la tournure ;

Quant à ses yeux, ils ont un assez doux regard,

Il me semble pourtant avoir vu quelque part

Deux yeux comme ceux-là sur certaine figure.

D'autres encor diront, ceux-là sont les savants,

Chacals à ventre creux qui vont, le nez aux vents,

A la piste des morts de la Grèce et de Rome,

D'autres encor diront : Ce Mark est un gamin

Qui ne sait A ni B, qui n'a pas lu Longin,

Aristote non plus, et qui croit, le pauvre homme.....

Il croit tout simplement que vous êtes des sots,

Messieurs !

D'autres diront, ceux-là sont les dévots :

Au nom du Dieu clément, que le diable t'emporte,

Mon fils ! — Très-volontiers, messieurs ; mais permettez,

Si le diable m'attend, entrez vite ou sortez ;

Car, vous le voyez bien, vous encombrez la porte.

Un autre encor dira..... ma foi ! ce qu'il voudra !

Bien fol est qui voudrait tenir la bouche close

Aux méchants, aux jaloux, aux sots, et cætera;

Les beaux signes qu'alors on ferait et pour cause !

— IV —

Donc, je m'attends à tout et j'ai prévu la chose :

Le monde se fait vieux, et, comme tous les vieux,

Ne pouvant plus jouir, il devient envieux :

C'est la loi de nature ; — et nous, viveurs prodigues,

Dont les désirs à flots rompent toutes les digues,

Nous, qui courons joyeux, cueillant à pleines mains

Fleurs et boutons groupés aux buissons des chemins,

Nous qui ne connaissons qu'un mot de la grammaire :

— Jouir ! — nous qui savons de toute plante amère,

Ainsi que fait l'abeille, extraire un peu de miel,

Qui, les pieds dans la boue, avons les yeux au ciel,

Un jour viendra peut-être, où, comme ce vieux monde,

Rachitiques, goutteux, chauves, à face immonde,

Inhabiles du cœur, des bras et des genoux,

Et, voyant que chacun se retire de nous,

Nous nous retirerons des autres ; — et l'envie

Nous rattachant encore aux choses de la vie,

Sachant que l'or suffit à faire des heureux,

— V —

Nous l'accaparerons, pour qu'ils soient moins nombreux.

Le monde, c'est cela : — c'est un vieillard étique,

Tout deux et deux font quatre et tout mathématique.

Oh ! ne lui parlez plus ni de foi ni d'amour,

De prière, ni d'art, car il fera le sourd ;

Oh ! ne lui chantez plus ces chants de poésie,

Échos venus du ciel, parfumés d'ambroisie,

Il sera sourd encore ; — Oh ! ne lui dites pas :

Voilà du Raphaël ! voilà du Phidias !

Car il vous répondrait quelques plates sornettes,

Comme : Je n'y vois pas, j'ai perdu mes lunettes.

Mais lui faut-il compter, oubliant ses défauts,

Au son de vingt louis, il en retrouve un faux ;

Et ce n'est point alors que le regard lui manque,

S'il faut lire CINQ CENTS *sur un billet de banque.*

De l'argent ! de l'argent ! et de l'argent encor !

Une chose, ici-bas, seule vaut mieux, — c'est l'or !

Malheur donc à celui qui vit par la pensée,

Dans ce siècle éreinté qui va tête baissée !

L'air est lourd et fatal à tous ceux qui du ciel

Se souviennent encor ; pour lesquels Ariel,

L'ange des saints pensers, l'ange de l'harmonie,

Des belles nuits d'été fait des nuits d'insomnie.

L'auréole de feu qui couronne vos fronts,

Artistes, ne peut plus leur sauver les affronts ;

Poètes, taisez-vous ! car l'enclume et la scie

Ont chassé des échos vos chants de poésie.

Sur le sopha, madame, où vous rêvez le soir,

Lorsque votre mari vous laisse toute seule,

Comme un mari qu'il est, — si Mark venait s'asseoir,

Ne prenez point des airs de nonette ou d'aïeule :

Une femme d'esprit ne fait pas la bégueule.

Si ses vers ne sont point parfumés et fleuris,

Comme les petits vers des bouquets à Chloris,

Qu'effeuille à vos genoux le Bernis indigène

De la ville natale où vous trônez en reine,

— VII —

Et si vous rougissez un peu de ses discours,

Personne ne vous voit, — écoutez-le toujours :

Un peu de vermillon, d'ailleurs, fait à merveille

Sur votre front si blanc ; — et puis ayez recours

A ce moyen adroit si connu de nos jours :

Fermez le cœur, madame, et n'ouvrez que l'oreille.

Et toi, naïve enfant, ange pur..... s'il en est !.....

— Ce s'il en est, vraiment, commence bien ma strophe ;

Car je veux qu'on m'étrangle ou qu'on me pende net,

Si j'en connais à qui s'adresse l'apostrophe...

Mon Dieu ! jai blasphémé ; pardon ! j'en connais un.

Toi donc, naïve enfant, qui passes dans ce monde

Sans tacher tes pieds d'ange à son contact immonde,

Fleur du ciel, toute pleine encor de son parfum,

Oh ! n'accable pas Mark d'un nouvel anathême,

Car, de tous, il serait à son front le plus lourd !

Et s'il a tout maudit, Dieu, le monde et lui-même,

Peut-être n'attend-il, hélas ! qu'un mot d'amour

— VIII —

Pour tomber à genoux et dire aussi : Je t'aime !

Vous, qui ne dites rien et n'en pensez pas plus,

Vous, pour qui le mot faire est encore un rébus,

Car vous ne portez point, au revers de la nuque,

Cet organe en relief, désespoir de l'eunuque ;

Barbouilleurs, qui taillez votre plume en scalpel,

Carabins dans cet art où chacun se croit maître,

Vous qui mangez, dit-on, les enfants au gros sel,

Et qui n'en faites point, par amour paternel ;

Bons ogres, mes amis, qu'un autre enverrait paître,

Que vous dévoriez Mark en daube, au naturel,

Je n'en serai pas moins ce que j'ai l'honneur d'être,

Votre humble serviteur,

AUSONE DE CHANCEL.

Chant Premier.

I.

Mon héros n'était pas ce Bouzingot farouche,
Le chapeau sur l'oreille et le houx à la main,
Barbe haute-futaie et la pipe à la bouche ;
Bravo d'estaminet qui tranche du Romain,
Pose en héros le jour, et la nuit ne se couche
Qu'à côté d'un poignard, vierge de sang humain.

II.

Ce n'était pas non plus l'élégant Jeune-France,
A la barbe en ogive, à l'œil pur et mourant ;
Lamartine avorté qui rime sa souffrance,
Se rase les cheveux pour avoir le front grand,
Lève les yeux au ciel en disant : Espérance !
Et sable du champagne en disant : Délirant !

III.

Ce n'était pas non plus le singe moyen-âge
Buvant dans un hanap son vin à douze sous,
De quelques *vive dieu !* saupoudrant son langage,
En style de Marot faisant ses billets doux,
Voilant le pauvre nom de son pauvre lignage
D'un pseudonyme en *us*, bardé de Deublious.

IV.

Ce n'était pas non plus un savant; au contraire !

Il avait de l'esprit et n'était pas pédant.

Avis rara, terris,—oiseau rare sur terre !

Nigro simillima cygno,—vrai merle blanc.

Juvénal dit cela d'une femme sincère,

Ce qui, pour être vrai, n'en est pas plus galant.

V.

Mark,—il s'appelait Mark,—depuis vingt-cinq années

Que Dieu l'avait jeté sur l'océan humain,

Laissait à tous les vents flotter ses destinées,

Sans plus s'inquiéter du port que du chemin ;

Laissait ses mauvais jours et ses belles journées

S'en aller comme l'eau qui coule de la main.

VI.

Ce n'était pourtant pas inerte insouciance :
Personne moins que lui n'était insoucieux.
Il avait le secret de plus d'une science ;
Il avait beaucoup vu, lu beaucoup, et ses yeux
Jetaient ce feu sacré qui fait, sublime essence,
Les poètes sur terre, et dans le ciel les dieux.

VII.

Ce n'est pas là le beau côté de son histoire.
Au diable soient aussi tous les songes fiévreux !
Un poète est un homme, et je commence à croire
Que pour savoir un peu combien font deux et deux,
Et pour battre monnaie au poinçon de la gloire,
On n'est pas moins poète, et l'on est plus heureux.

VIII.

A peu de nos pareils la fortune est accorte.

Si nombreux sont les gueux qui lui tendent la main,

Qu'elle doit par pudeur en laisser à la porte !

Et, soit dit sans blesser le quart du genre humain ,

Chez elle elle reçoit des gens de telle sorte ,

Que c'est presqu'à rougir d'être sur son chemin.

IX.

S'il effeuillait ainsi chaque jour de sa vie ,

Comme si le bouquet n'en eût pas dû finir,

S'il eût joué son âme et ri de la partie ,

S'il ne voulait prévoir ni se ressouvenir,

C'est que son ciel roulait une voix d'ironie ,

Des échos du présent à ceux de l'avenir.

X.

L'avenir ! — grand mot vide ou plein d'un sens étrange ;

Le présent ! — plaine aride où l'insolent destin

Jette aux hommes de l'or, des fleurs ou de la fange,

Comme on jette à des chiens des pierres ou du pain,

Et l'heureux est celui qui peut, dans ce mélange,

De fleurs et d'or se faire un plus ample butin.

XI.

Esprit hermaphrodite, adultère mélange

De vices, de vertus, de raison et de torts,

Celui qui l'avait fait, dans un caprice étrange,

Semblait avoir donné deux hôtes à ce corps :

Un démon pour la tête et pour le cœur un ange ;

L'un faisait les péchés, l'autre avait les remords.

XII.

Le matin, il rêvait pur comme une élégie,

Se parfumait le cœur de prière et d'amour;

Le soir, il se grisait de kirsch dans une orgie,

Puis, à tant le cachet, allait faire la cour.

En un mot, aux deux bouts il brûlait sa bougie;

Il appelait cela vivre deux jours par jour.

XIII.

Et Mark avait raison! — c'est métier de pauvre homme

De garder dans son cœur un amour chaste et pur;

De craindre à chaque instant que, volatile arome,

Il s'évapore au feu d'un œil noir ou d'azur,

De le traîner partout et de le couver, comme

La poule ses poussins, quand le temps n'est pas sûr.

XIV.

A ce métier là , j'ai long-temps perdu la tête ,

Tous mes amis disaient : Il est fou , c'est fâcheux !

Mais je n'étais que sot, très-maigre un peu poète,

Et prêt à me damner, ame et corps , pour deux yeux.

Je demandais à Dieu ce qu'au diable on achète ;

Le diable et Dieu se sont moqués de moi tous deux.

XV.

Mark aimait à rêver, la nuit, au clair de lune ;

Il aimait à fumer, en plein jour, au soleil.

Ivre, il rêvait le corps d'une andalouse brune ;

A jeun, l'ame d'un ange au visage vermeil.

Quand il ne rêvait plus , il prenait *l'une ou l'une* ,

Et trouvait, disait-il, que c'était tout pareil.

XVI.

Et Mark avait raison ! — qu'une tresse ruisselle

En longs filets de jais dans l'argent d'un miroir,

Ou bien en filets d'or ; lorsqu'une femme est belle ,

Ses cheveux lui vont bien et sont charmants à voir.

Ce que l'on aime, enfin , d'une femme c'est elle ;

A moins d'en aimer deux ; — mais il faut le pouvoir.

XVII.

C'est traiter le sujet trop en don Juan , peut-être ,

Et c'est monter mon luth sur un ton infernal ;

Moi, poète si pur ! dont la muse semble être.

Nourrie avec du miel sur son sein virginal !

Ma foi ! que voulez-vous ? je bâillais sous mon hêtre :

J'ai pris l'air du salon , je deviens immoral,

XVIII.

Jamais le nom de Mark n'avait grossi la liste
Des faiseurs de complots ; il fut pourtant, un soir,
Dans les nœuds d'une émeute étreint à l'improviste,
Et comme on lui criait : Qu'êtes-vous, blanc ou noir,
Carliste ou Philippiste? il répondit : riéniste.
Et son opinion commence à prévaloir.

XIX.

Parlait-on politique, il restait bouche close,
A moins qu'il ne baillât, — c'est un raisonnement
Tout comme un autre; — au fond, il pensait que la chose
En étant à ce point ne peut être autrement
A moins qu'elle ne change. Et pour plus d'une cause
Il craignait, disait-il, de perdre au changement.

XX.

Ce n'était pas, mon Dieu ! qu'il n'eût l'ame très-bonne
Et qu'il ne fît la part et du peuple et du roi.
Il aimait même assez le peuple qui raisonne;
Mais pas trop cependant, — et je ne sais pourquoi ;
Car ce bon peuple , enfin, est si bonne personne !...
Quatre-vingt-treize est là qui peut en faire foi.

XXI.

Mark était un chrétien de fort mauvaise race ,
Et comme il lui venait des doutes quelquefois,
Il se prit à jouer, — l'impie ! — à croix ou face,
S'il existait un Dieu. — Sincèrement , je crois
Que le diable lui fit un tour de passe-passe :
Car il demanda face et le sou tomba croix.

XXII.

Il admirait très-fort monsieur de Lamartine ;

Mais détestait plus fort ces poétraux pleureurs,

Bien buvant, bien mangeant, et dont le front s'incline,

Comme un lys à l'orage, au souffle des malheurs !

Un d'eux lui débitait un jour une tartine,

Où se trouvait ces vers que l'on retrouve ailleurs :

XXIII.

« Oh ! j'aime le parfum des fleurs de la montagne !

» La voix du rossignol ! ce Duprez des oiseaux !

» J'aime à laisser aller mes pieds par la campagne !

» A rafraîchir mon front ! en feu ! dans les ruisseaux ! ! !

Ma foi ! répondit Mark, moi j'aime le champagne,

J'adore le bourgogne et suis fou du bordeaux.

XXIV.

J'aime les chants joyeux au milieu de l'orgie ;

La nuit, la folle nuit des artistes viveurs ,

Alors qu'on fait des draps de la nappe rougie ;

Alors qu'on danse en rond , bacchantes et buveurs ;

Mais les fades amours qu'on fait en effigie

Ne sont plus de ce siècle.— Autre temps, autres mœurs !—

XXV.

Mais votre rossignol, cet oiseau des poètes ,

Il est maigre comme eux, c'est un pauvre ragoût ;

Et , s'il faut l'avouer, j'aime mieux les fauvettes :

Leur voix est aussi douce , et, sur la fin d'août ,

Je vous les recommande : on les mange en brochettes ,

Comme les ortolans, dont elles ont le goût.

XXVI.

Mark s'éveillait parfois philosophe, et son style,
Comme vous l'allez voir, s'en ressentait un peu :
« Le duel ! — c'est jouer un homme face ou pile,
» Jeter sur le tapis sa tête pour enjeu ;
» Et puis perdre ou gagner le front calme et tranquille.
» Honte et remords ! six fois j'osai mettre à ce jeu. »

XXVII.

« Béni soit le hasard qui déjoua ma rage,
» Ma main n'a point fouillé la vie au fond d'un cœur,
» J'ai donné ce qu'on veut au vain mot de courage,
» Et sans être vaincu je ne fus pas vainqueur. »
Malgré tout cependant, c'était être assez sage,
De ne pas l'aborder avec l'air trop moqueur.

XXVIII.

Mark avait le front grand, on y lisait son ame

Avec tous ses chagrins, avec tous ses espoirs ;

Mais, ce que je tairais si Mark eût été femme,

Des cheveux blancs brillaient dans ses longs cheveux noirs

Comme des diamants dans les vôtres, Madame,

Comme des vers luisants sur le manteau des soirs,

XXIX.

Des cheveux blancs, si jeune ! ah ! c'est que dans sa tête

Bien d'étranges pensers demandaient un peu d'air ;

C'est que son cœur était un foyer de tempête ;

C'est que Dieu l'avait fait volcan d'os et de chair ;

Et, comme les volcans ses germains, sur le faîte

Il portait de la neige ; et dans le sein l'enfer.

XXX.

Car il n'avait pour lui que sa voix de poète,

Hymme sacré de l'ame, écho profond du cœur,

Qui jette à tous les vents une note inquiète,

Semblable au cri perdu de l'oiseau voyageur :

Car il était de ceux que la foule rejette

Ou n'accueille jamais qu'avec un ris moqueur.

XXXI.

« Telle est sur un rivage une race flétrie

» Sans abri protecteur, sans temple hospitalier (1). »

— Voilà deux vers volés en pleine académie.

Bah ! voler un distique où j'ai pris ce dernier,

Ce n'est pas faire un vol, — vole-t-on le génie ?

C'est allumer sa lampe aux éclairs d'un brasier.

XXXII.

C'est prendre un petit sou dans la riche escarcelle
D'un banquier qui ne peut compter ses pièces d'or ;
C'est voler un baiser sur le front d'une belle ;
C'est se faire l'aumône et ne pas faire tort :
Le feu n'est pas moins vif, faute d'une étincelle :
Beaux vers, sous et baisers sont à voler encor.

XXXIII.

Telle est donc, sur les bords que sillonne le Gange,
Sous ce beau ciel toujours drapé d'un manteau bleu,
Dôme resplendissant, digne d'un front d'archange,
Une race maudite, une race que Dieu
Semble avoir faite avec un reste impur de fange,
Entre la brute et nous pitoyable milieu.

XXXIV.

De ces couples proscrits, étendus pêle-mêle
Au soleil, ou vaguant au hasard dans les bois,
Du mâle on ne saurait distinguer la femelle,
Sans des cheveux plus longs, tombant huileux et droits,
Et cachant mal aux yeux une longue mamelle,
Qu'une forme d'enfant suce et presse des doigts.

XXV.

Pieds nus et dos voûtés, charriant leur misère,
Quand ils osent penser que pourtant ils ont faim,
Ils arrachent de l'ongle une racine amère,
Si le Brame a passé sans leur jeter son pain ;
Pour boire, ensuite, ils ont l'eau verte de l'ornière,
Et pour lit nuptial le talus du chemin.

XXXVI.

Et cela s'appelle homme ! au fait, ça boit, ça mange ,
Ça dort même ! dit-on. Mais, lorsque vient le soir,
Malheureux ! ils n'ont point, comme nous, un bon ange ,
Qui vienne quelquefois à leur chevet s'asseoir,
Et qui, le front penché sur leur couche de fange,
Leur parle avec des mots de bonheur et d'espoir.

XXXVII.

Malheur, toujours malheur sur eux ! Demain l'aurore
N'aura point de soleil qui leur luise plus beau ,
Sous leurs fades baisers, l'enfant qui vient d'éclore
Mourra le front souillé de cet horrible sceau ;
Et son fils, après lui, doit le porter encore,
Du ventre de sa mère au ventre du tombeau.

XXXIX.

Autour d'eux, cependant, tout est bonheur et joie ;
Comme un tapis soyeux les champs sont veloutés ;
Sous le soleil du soir l'or laminé flamboie ,
Comme un second soleil aux dômes des cités ;
Et le vent de la nuit, sous les rideaux de soie ,
Passe énivrant d'amour et chaud de voluptés.

XL.

Il n'est point de pays où perles et dentelles
Voilent de plus beaux seins, ornent de plus beaux cous ;
Il n'est point de pays où des femmes plus belles
Vous caressent les yeux avec des yeux plus doux,
Et qui, le soir, plus tard, vous laissent auprès d'elles
Dire et faire ces riens qui sont beaucoup chez nous.

XLI.

Malheur au paria, si jamais sa paupière,

Que la misère éteint en son orbite creux,

Cherche à se ranimer à la vive lumière

Qui brille par éclairs aux cils de deux beaux yeux ;

L'esclave le plus près le chasse à coups de pierre,

Comme ici les enfants chassent un chien galeux.

XLII.

Tout cela fait pitié, n'est-ce pas, belle dame ?

Et, si vous étiez là, j'ose le parier,

Dussiez-vous encourir l'anathème du Brame,

Ou, qui plus est est encor, le dédain du Guerrier,

Les parias auraient un soupir de votre ame,

Et trouveraient chez vous un toit hospitalier

XLIII.

Oh ! je n'en doute pas ! car on vous dit si bonne !
Un bon cœur va si bien d'ailleurs à la beauté !
Je sais qu'à jours fixés on fait chez vous l'aumône,
Que vous êtes de plus dame de charité ;
C'est de bon ton ! et Dieu bénit la main qui donne :
Le diable fait sa part, lui, sur la vanité.

XLIV.

Et bien ! moi, je vous dis qu'au sein de Paris même,
Sous ce ciel si fécond en soupirs d'amitié,
Où tant d'échos s'en vont roulant le mot : Je t'aime !
Où tant de jolis yeux se perlent de pitié,
Il est de fronts chargés d'un horrible anathême,
Des fronts de parias, et qu'on les foule aux pié.

XLV.

Et ceux-là ne sont pas ces gueux qui, sur la grève,

Étalent, demi-nus, leur tronçon repoussant;

Ni ceux qu'on voit, à l'heure où la lune se lève

Chercher de vieux chiffons et peut-être un passant;

Ni le chien sans aveu qui sur un fumier crève;

Ni le cheval qui tire un fiacre trop pesant,

XLVI.

Animaux différents, mais animaux en somme

Qui s'endorment contents quand ils se couchent souls,

Que faut-il à ceux-là, chien, cheval ou bien homme,

Pour être heureux autant et même plus que nous?

Ce qui leur faut? un os, du foin et du rogomme;

Puis la chienne qui passe ou la fille à dix sous!

XLVII.

Le malheur n'est point là : sous leur froide remise,

Quand sommeillent les gueux, le spleen reste dehors

Ou s'envole aux salons : la Seine et la Tamise

Ont noyé moins de gueux que noyé de milords.

L'homme heureux de Nodier n'avait pas de chemise (1);

O Babouk, prends la mienne et brocantons nos sorts !

XLVIII.

Quand ce siècle râlant, près de vomir son ame,

Se tord comme un maudit déshérité des cieux ;

Lorsqu'à tous les échos roule une note infâme,

Vous dont l'ame s'exhale en cantiques pieux ;

Vous qui croyez encor qu'il existe une femme,

Ange qui pense au cœur ce que disent ses yeux ;

XLIX.

Pauvres enfants rêveurs, dont la main imprudente
Éparpille au hasard vos fleurs d'illusions,
Qui lisez à genoux Shakespeare, Homère, Dante,
Et dépensez par heure un jour d'émotions ;
Malheureux jeunes gens, dont la pensée ardente
Bouillonne incessamment au feu des passions ;

L.

Poètes, qui n'avez sur vos lyres d'ivoire
Que des mots pour aimer et des mots pour bénir ;
Qui, trop vite oublieux d'un passé veuf de gloire,
Dotez votre présent de rêves d'avenir ;
Vous qui croyez encor ce que j'ose aussi croire,
Qu'après l'âge de fer, l'âge d'or doit venir,

LI.

Voilà les parias. — Lorsque tout se résume
Par mesures, par poids, par doit et par avoir,
Lorsqu'on entend partout et la scie et l'enclume,
Dans un siècle où l'amour se fait sur le comptoir,
Quand les rails, le charbon, l'asphalte et le bitume
Sont les plus grands rivaux qu'un amant puisse avoir.

LII.

Oh ! ce n'est plus assez d'arriver à la vie,
Comme y viendrait un lys éclos par un beau jour,
D'exhaler comme lui son parfum d'ambroisie,
Et faire de son cœur un calice d'amour :
L'air du siècle est mortel à toute poésie ;
Les dieux, les dieux s'en vont !—marchands à votre tour !

Chant Deuxième.

I.

Mark n'avait pas toujours été, ma belle dame,
Ce que vous l'avez vu tout à l'heure, un vaurien,
Un fou, qui douterait si vous avez une ame ;
Qui fait à tout hasard le mal comme le bien,
Et laisse, à chaque mot, tomber une épigramme,
Ainsi que font les gens qui ne croient plus à rien.

II.

Long-temps il avait cru de cette foi candide,

Qui, fût-elle un mensonge, est encor du bonheur,

Alors que dans nos yeux, comme en un lac limpide,

Tout le monde peut voir le fond de notre cœur,

Alors qu'un ange, ami de notre ame, la guide,

En lui donnant la main, comme un frère à sa sœur.

III.

Oh! pourquoi n'est-on pas enfant toute sa vie!

C'est un matin si pur, dont si loin est le soir!

La bouche d'un enfant, sous les baisers ravie,

En a tant à donner et tant à recevoir!

La salle du banquet, où l'espoir le convie,

Est si pleine d'amis et si splendide à voir!

IV.

Age heureux ! âge heureux où tout nous émerveille !

Le bluet qui sourit au ciel dans les sillons ;

La rose, qui, le jour, sert de coupe à l'abeille

Et de lit parfumé, le soir, aux papillons :

Trésors que le printemps verse à pleine corbeille,

Et que chaque printemps nous rapporte à millions !

V.

Avant que tout allât de problême en mystère,

C'était ainsi du moins que cela se passait ;

L'hiver, en bon garçon, quittait sa robe austère,

Dès qu'en chaperon vert avril reparaissait ;

Mais tout est bien changé sur cette pauvre terre !

Aujourd'hui, vingt-cinq mai dix-huit cent trente-sept.

VI.

Comme à Noël le givre émaille mes croisées,

La glace tient encor les ruisseaux en prison ;

Nos vallons font pitié sous leur robe empesée,

Et pitié nos côteaux sous leur blanche toison ;

A peine si parfois d'une teinte rosée

Un lambeau de soleil colore l'horizon.

VII.

Corbleu ! le mois de mai, vous nous la baillez belle

De venir ainsi fait, crotté du haut en bas,

Comme un pauvre, forcé de gueuser quoiqu'il gêle,

Et qui va barbottant, sans souliers et sans bas !

Ma foi ! votre soleil ne vaut pas ma chandelle,

Je la mouche du moins lorsque je n'y vois pas.

VIII.

Comme un seigneur aimé qui ramène les fêtes,

Jadis, quand vous veniez, les filles sous l'ormeau,

Dansaient en jupon rouge, et des fleurs à leurs têtes.

Point d'accueil, cette année ! on vous prend au hameau

Pour le mois de janvier ; je ne sais si vous l'êtes,

Mais vous vous ressemblez comme deux gouttes d'eau.

IX.

Vos trente fils les jours, et les heures vos filles,

Des côteaux aux vallons dansaient jadis en chœurs,

Et nul d'eux ne passait sans laisser aux charmilles

Un bouquet de verdure, aux églantiers des fleurs.

Vos trente fils les jours, sont vêtus de guenilles

Cette année ; et leurs sœurs ont les pâles couleurs.

5

X.

Avons-nous donc lassé ta clémence infinie !

Le glas de l'univers va-t-il sonner, mon Dieu !

Le voilà-t-il ce jour de terrible agonie,

Ce jour où les soleils, désertant leur milieu,

Briseront les ressorts de la grande harmonie !

Et Dieu va-t-il venir sur sa nuée en feu !

XI.

Le grand juge a maudit les enfans et les femmes.

Pécheurs, il n'est plus temps de joindre vos deux mains,

Vous qui traîniez hier la robe de vos ames

Aux égoûts de la borne, aux fanges des chemins !

Et vos pleurs impuissans n'éteindront point les flammes

Où pêle-mêle vont se tordre les humains !

XII.

Grâce! grâce! mon Dieu! ne maudis pas le monde!
Rends leurs cours aux ruisseaux, aux rossignols leurs voix;
Au soleil qui s'éteint rends sa clarté féconde,
Aux cieux leur bleu manteau, leur manteau vert aux bois;
Donne à l'air des parfums, un cristal pur à l'onde,
A l'abeille des fleurs, — à nous des petits pois.

XIII.

Oh! cependant, mon Dieu, si cela vous amuse,
Faites, faites pleuvoir autant qu'il vous plaira;
Ce n'est point de parfums que se nourrit ma muse,
Faute de vin nouveau, le vieux lui suffira;
Et d'ailleurs nos péchés sont là pour votre excuse,
Car plus le monde ira, plus on y péchera.

XIV.

Mark, enfant, était donc un petit saint en herbe ;
Herbe qui promettait, au dire des experts,
De faire, avec le temps, un arbre au front superbe,
Dont les rameaux puissants braveraient les hivers,
Où les fleurs de vertus se cueilleraient à gerbe,
Et de parfums divins embaumeraient les airs.

XV.

Promettre c'est aisé, tenir est autre affaire ;
Et Mark depuis long-temps est arbre ; mais hélas !
Un arbre tout commun, un arbre tout vulgaire,
Où la vertu bourgeonne à peine et n'éclot pas,
Un arbre, enfin, de ceux en grand nombre sur terre,
Et du bois dont Satan fait si bon feu là-bas.

XVI.

Oh ! madame, c'est mal de lui jeter la pierre,
Car si Mark ne vaut rien, valez-vous mieux que lui ?
J'ose ici réclamer votre franchise entière :
N'étiez-vous pas plus belle autrefois qu'aujourd'hui ?
Le contact du grand air gâte toute matière,
Et notre ame subit le sort de son étui.

XVII.

Voyez-vous un bambin manger sa confiture,
Sans se badigeonner le nez et le menton ?
Le cygne, en battant l'eau qui coule la plus pure,
Ne se tâche-t-il pas de la vase du fond ?
Chacun, par quelqu'en droit, touche à quelque souillure,
Peut-être, sans cela, que Mark fût resté bon.

5.

XVIII.

Mais vinrent les pédants avec tout leur grimoire,

Anes bâtés, — pardon ! le terme est un peu sec,

Mais il n'est pas de moi. Si j'ai bonne mémoire,

C'est Hugo qui l'a dit—sauf donc votre respect,

Anes bâtés, qui vont charriant à la foire,

Comme un autre des choux, leur latin et leur grec.

XIX.

Ceux-là sont les premiers, qui, dans le cours des choses,

Tristes oiseaux de nuit, font ombre à notre ciel,

Qui sèment leurs chardons où nous cueillons nos roses,

Distillent goutte à goutte et l'absinthe et le fiel

Sur nos lèvres d'enfants, fleurs du matin écloses,

Sous des mots caressants et des baisers de miel.

XX.

A peine a-t-on rompu cette première chaîne
Qu'une autre est là plus lourde où nous sommes ferrés.
A vingt ans, quand on a la tête encore pleine
De morceaux de latin bien ou mal digérés,
Mais morceaux, à coup sûr, avalés à grand peine,
Notre cœur, à son tour, veut prendre ses degrés.

XXI.

Et tout-à-coup voilà que, de frais et d'alègre,
On devient triste comme un bonnet de coton;
Fade comme un roman, bourru comme un chat maigre
Morne comme un hibou, plat comme un feuilleton,
Bête comme un savant, malheureux comme un nègre;
Enfin, bon à servir d'enseigne à Charenton.

XXII.

Cela pour avoir vu, qui sortait de l'église,

Un pied à faire honte au pied de Cendrillon,

Un doux œil bleu de ciel, une main de marquise,

Une ceinture à mettre au corps d'un papillon,

Et des cheveux dorés qui flottaient à la brise,

Comme des épis mûrs flottent sur un sillon,

XXIII.

Et Mark un jour, hélas ! priez pour lui, madame,

Mark, un jour qu'il passait, en laissant son regard

Errer à l'horizon incertain, et son âme

Dans les plaines de l'air voleter au hasard,

Eut le malheur de voir, sous les traits d'une femme,

Un ange qui passait — au coin du boulevard.

XXIV.

Le mot boulevard est ici pour la rime ,

Car l'ange dont je parle était provincial.

Mais quel ange ! quel ange ! il eût gagné la prime ,

Dans le septième ciel, en concours général ;

Pour un de ses regards on eût commis un crime ,

Sous un de ses baisers on se fût trouvé mal.

XXV.

Oui , quoique de province , elle eût passé pour belle

A Paris , à Madrid , à Londres et partout ;

Car elle n'était point ainsi que telle ou telle

Qui marche sur un pied large à dormir debout ,

Qu'une femme de chambre à son lever ficèle ,

Et qui porte pour main une spatule au bout

XXVI.

De chaque bras ; — enfin, de celles appelées

Belles femmes, *id est :* femmes in-octavo,

Qui, dans un corset dur à grand'peine emballées,

En prennent, bien ou mal, la forme, ainsi que l'eau

Celle d'une carafe, et qui, déticelées,

Sentent tous leurs appas courir à leur niveau.

XXVII.

Ce n'était pas non plus une blanche sylphide,

Vierge des sept douleurs, tout ciel et tout azur,

Ne vivant que de l'air, de parfums, d'eau limpide,

De prière et d'amour, ce qui me semble obscur ;

Et qui, sous le rideau, d'une bouche timide,

Absorbe des beeffteacks, en buvant du vin pur.

XXVIII.

Ce n'était pas non plus cette beauté naïve,

Qu'on nomme *ménagère* en jargon de bourgeois ;

Qui ne peut voir courir une eau limpide et vive,

Ni les bras d'un ormeau s'étendre au long d'un bois,

Sans penser à laver et sécher la lessive,

Et ne lave ses mains que quatre fois par mois.

XXIX.

Ce n'était pas non plus cette sainte Nitouche

Qui vous répond : vertu ! quand on lui dit : amour !

Qui ne dit ses secrets qu'au chevet de sa couche ;

Vierge cuite en son jus , comme une pomme au four,

Lucrèce moins Tarquin , Pénélope farouche

Défaisant chaque nuit son ouvrage du jour.

XXX.

Ce n'était pas non plus une dixième muse,

Qui fumât comme un Suisse, et qui parlât latin

Comme un pédant — français comme une cornemuse

Parle musique, et qui, dans un lit clandestin,

Se glissât à rebours en donnant pour excuse

Que Sapho fut ainsi trouvée un beau matin.

XXXI.

Olny, c'était son nom, dix-huit ans, rose et blonde,

— Entre tous les cheveux j'aime les cheveux blonds;

C'est que j'ai souvenir d'avoir vu par le monde

Une qui les avait blonds et si longs, si longs

Qu'elle pouvait baigner tout son corps dans leur onde;

C'était comme un manteau jusques à ses talons.

XXXII.

Ce n'était rien encor de la voir si gentille,

Il fallait la connaître! On était tout surpris

De trouver bouquet, sous la même mantille,

Lys de vierge en bouton et rose de houris.

Olny la blonde était donc une jeune fille

De laquelle on pouvoit espérer très-bon prix.

XXXIII.

Très-bon prix, je l'ai dit : car c'est une denrée

Comme une autre. Au plus riche est la plus belle part.

Que voulez-vous, voyons, tête brune ou dorée ?

Choisissez ; tout Paris n'est qu'un vaste bazar,

Où vous la trouverez jeune, belle, parée

Chaste, — toutes le sont, — c'est à prendre au hasard.

XXXIV.

Le grand point, c'est surtout de marier sa fille,
La biche est difficile à garder quand le vent
Porte une bonne odeur de cerf sous sa charmille ;
C'est bien une autre affaire encor fille qui sent
Venir certain besoin de se mettre en famille,
Besoin fort naturel ; — mais qui les prend souvent.

XXXV.

Allons ! beaux jeunes gens que le désir assiége,
Dont l'ame épanouit le candide souris,
Qui tant avez rêvé de fronts, de seins de neige,
D'amour vierge surtout dans un corps de houris ;
La maman aime assez votre odeur de collége ;
Car vous êtes du bois dont on fait les maris.

XXXVI.

Allons ! beaux jeunes gens, qui rêvez loin du monde
Cet Eden à huis-clos, ce ciel de deux élus
Que nous nommons *ménage* en notre voix immonde ;
Ils sont là tout exprès pour vous ces beaux seïns nus,
Ces fronts vermillonnés de rose pudibonde ;
Car vous êtes de bois.... tiens ! ça ne rime plus !

XXXVII.

Allons ! allons ! vieillards, bourgeonnés de luxure,
Dont la mort, un à un, jette aux vents les cheveux ;
Squelettes ambulants, que l'art et la nature
N'ont pu coucher encore auprès de vos aieux ;
Nouveaux David, à qui Satan montre en peinture
Une blanche Abizag, au doux sein, aux beaux yeux.

XXXVIII.

Femme à vendre ! achetez ! craignez-vous qu'on en rie ?

Que vous font, s'il vous plaît, les sots et les railleurs ;

Sarcasmes de neveux, tout cela, je parie,

Calembourgs d'héritiers, gens fort sots ; et d'ailleurs

Ça n'a rien de si drôle un vieux qui se marie :

Anacréon vieillard se couronnait de fleurs.

XXXIX.

Le mal c'est d'être né d'une race maudite ;

D'avoir un père gueux, pauvre homme sans le sou,

Qui va voler du bois pour chauffer sa marmite,

Et n'a pas au soleil de quoi planter un chou.

De l'or ! de l'or ! de l'or ! et prenez la petite :

C'est à peu près le prix d'un cheval andalou.

XL.

Avant d'aller plus loin, il faut que je vous dise

Que ce dernier sixain, quoique si bien filé,

Et si spirituel, — excusez ma franchise, —

N'est pourtant pas de moi : c'est un sixain volé.

Confrères, mes amis, ce mot vous scandalise ;

Combien de vous l'ont fait, qui n'en ont pas parlé.

XLI.

Si, le jour où moulé dans le sein d'une femme,

Par un bonhomme, hélas! qui n'en peut moins ni plus,

Et qui bourgeoisement vous a fait à sa dame

En jasant des romans qu'ensemble ils avaient lus,

Ou parce qu'un bedeau, faussant par trop la gamme,

Éveilla votre mére en sonnant l'angelus,

6.

XLII.

Si, lorsque vous tombiez sur cette pauvre terre,

Une étoile plus pure a brillé dans le ciel,

Comme on en voit briller quand doit naître un Homère,

Un Shakespeare, un Molière, un Dante, un Raphaël,

Et si, quand vous tétiez le lait de votre mère,

Un bon ange y mêla quelques gouttes de miel ;

XLIII.

A vingt ans, par vos nuits de fièvre et d'insomnie,

Si votre œil a plongé dans les cieux entr'ouverts ;

Si votre front en feu, tout vibrant d'harmonie,

Résonne incessamment d'ineffables concerts ;

Si votre cœur est chaud d'amour et de génie,

S'il faut à votre voix l'écho de l'univers.

XLIV.

Vous feriez un mari fort sot, sur ma parole,

Avec tout votre esprit. — Sur un chef marital,

Un bonnet de coton va mieux qu'une auréole :

En hiver c'est plus chaud, en tout temps plus moral.

L'hypocrène, mon cher, coule loin du Pactole,

Le génie est un sot qui jeûne en carnaval.

XLV.

Il est pourtant moyen d'arranger cette affaire :

Soyez sage, voyons, faites-vous un état ;

C'est-à-dire, soyez avocat, ou notaire,

Ou médecin ; ou bien médecin, avocat,

Notaire, à votre choix ; ou buvez de l'eau claire,

Et puis, comme Moreau, crevez sur un grabat.

XLVI.

Et si la douce enfant que vous avez choisie
Pour marcher ici bas votre main dans sa main,
Est un ange de ceux qui passent dans la vie
Déguisés sous un corps plus céleste qu'humain ;
Devant elle, à genoux, comme un homme qui prie,
Si vous avez jeté ces mots sur son chemin :

I.

O ma vierge au col d'églantine,
Toi que Dieu fit par un beau jour
Éclore d'un souris d'amour,
Comme tes sœurs de la colline ;
Mon ange adoré parmi tous,
Laisse de ta blonde paupière

Tomber un regard sur la pierre
Où je te prie à deux genoux !

II.

Comme les parfums du cinname,

Qui volent, au jour solemnel,

Du temple saint vers l'Éternel,

Avec les parfums et ton âme,

Comme les élans de la foi

Qui s'envolent vers l'empyrée,

Laisse, laisse, vierge adorée,

Ma voix ariver jusqu'à toi !

III.

Souvent, dans mes rêves étranges,

Je crois, en regardant les cieux,

Que les étoiles sont les yeux

Des chérubins et des archanges ;

Si doux que soit le rayon d'or

Qui tombe alors de chaque étoile,

Ton œil azuré sous ton voile,

O ma vierge, est plus doux encor.

IV.

Quand les rossignols de nos landes,

Quand les bouquets de nos buissons,

Et de parfums et de chansons

Tressent à la nuit des guirlandes ;

Je songe alors qu'à mes douleurs

Il ne faudrait, sacré dictame !

Qu'un mot parfumé de ton âme,

Et tombé de ta bouche en fleurs.

XLVII.

Si, quand vous lui disiez toutes ces douces choses,

Vous avez vu sur vous s'abaisser ses grands yeux ;

Si sa joue et son front sont devenus plus roses ;

Si ce mot que la terre a dû voler aux cieux,

Le mot amour ! tomba de ses lèvres écloses,

Eh bien ! tant pis pour vous : sa haine vaudrait mieux.

XLVIII.

Oui, mille fois tant pis ! En langue de beau-père,

Amour ne veut rien dire, ou sent le débauché ;

C'est un mot à rayer dans le dictionnaire ;

Avec cette monnaie, allez donc au marché !

Un amoureux, au fait, ça mange et ça digère :

Plus de sens qu'on ne croit sous ce mot est caché.

XLIX.

Le cœur et l'estomac sont deux amis intimes ;

Tous deux ont part égale au détail des amours ;

Les enfants, et surtout les enfants légitimes,

Doivent être un produit de leur noble concours.

Et pour parler enfin en style de maximes :

Cupidon sans Cérès ne fait pas de vieux jours.

L.

En analyse, au fait, qu'est-ce qu'un mariage ?

Deux êtres que l'on prend, l'un au sud, l'autre au nord,

A qui, devant témoins, un adjoint de village

Lit quatre mots d'un code, en baillant, s'il ne dort ;

Et, du coup, les voilà tous deux à l'attelage,

Qui de ci, qui de là, tirant le char du sort.

L.

Tirez donc, malheureux ! et que Dieu vous conduise !

Mais tâchez d'aller droit par cet âpre chemin ;

Et surtout que jamais nul de vous ne s'avise

De brouter sur la route un chardon clandestin ;

Fermez votre estomac à cette friandise ;

Il ne doit avoir faim que de son picotin.

LI.

Vous qui lisez ces vers en rougissant, madame,

Et qui criez bien haut en m'approuvant tout bas,

Le mariage en lui n'est point ce que je blâme ;

Il a son bon côté. — Qui diable ne l'a pas ?

Et je me marierai, si je trouve une femme

Qui se donne pour rien, car je suis pauvre, hélas !

LII.

Pauvre, et faire des vers ! dira la gent qui glose ;

Faut être sot ou fou, si l'on n'est pas les deux !

Pour fou, je ne dis pas ; mais sot, c'est autre chose ;

Et ces fous-là jadis étaient des demi-dieux.

Quand on est sot, on est sot en vers comme en prose ;

C'est, par le temps qui court, chose qui saute aux yeux.

LIII.

Pauvre, et faire des vers ! — Oui, froids rhéteurs d'école,

Et je sais cependant ce qu'on paie un discours.

Je sais que pour pêcher dans les flots du Pactole

Un des poissons dorés qu'il traîne dans son cours,

Les vers sont un appât indigne et trop frivole ;

Mais qu'ils mordent très-bien à vos mots plats et lourds.

LIV.

Oui, je sais tout cela, tout, et je m'y résigne.

Pêchez donc vos poissons, messieurs ; chacun son goût ;

Moi, je ne prétends point à cet honneur insigne,

Et le proverbe est là qui peut-être m'absout :

Quand un pêcheur a pris un poisson à la ligne,

Une bête, dit-on, la tient par chaque bout.

LV.

Pauvre, et faire des vers ! — C'est que je crois encore

A mes illusions de mes nuits de vingt ans ;

Fleurs que la poésie en mon cœur fit éclore,

Et qu'elle refleurit lorsque l'aile du temps

Les flétrit en boutons à leur première aurore,

Pauvres fleurs ! que d'hivers pour un jour de printemps !

Chant Troisième.

I.

Mark avait donc vingt-ans. — Si je me le rappelle,
Je vous ai déjà dit qu'il était vierge et pur,
Vierge et pur comme vous, ma belle demoiselle,
Et le terme est poli, du moins, s'il est obscur,
Quand la première fois il croisa la prunelle
Avec celle d'Olny, qui chatoyait d'azur,

II.

Le premier mot qui vient aux lèvres à cet âge,

Est un mot si bizarre, un si drôle de mot,

Que je n'ose vraiment le jeter sur ma page;

J'ai peur que mon héros ne passe pour un sot

Si je vous dis tout net qu'il rêvait mariage.....

— Pardon ! mais Mark était si pur qu'il l'était trop.

III.

Il mit donc un matin son habit des dimanches;

Se chaussa trop étroit, parfuma son mouchoir,

Se ganta bien serré, releva sur ses manches

Sa chemise en batiste, ainsi que pour un soir

De concert ou de bal; puis, les poings sur les hanches,

S'avoua qu'il faisait très-bien dans son miroir.

IV.

Et le voilà parti. — Que le ciel le conduise !

Ce souhait je le fais pour tous les amoureux,

Tant pour ceux qui, la nuit, grelottent à la bise,

— Métier de chien vraiment et de chien malheureux,

Que pour ceux qui s'en vont côte à côte à l'église,

— Autre métier de chien, et le pire des deux.

V.

Mais pour arriver là, Mark, en jeune homme sage,

Crut devoir commencer par le commencement

Et demander d'abord sa belle en mariage ;

C'est ce qu'il allait faire, au reste, en ce moment.

Fit-il bien, fit-il mal ? — bien ! puisque c'est l'usage ;

— D'autres se trouvent mieux d'avoir fait autrement.

VI.

Le papa de la belle était, sans en rabattre,

Un très brave homme au fond, — mais vertu de comptoir ;

Qui jamais au palais n'ayant rien à débattre,

Dormait de ce sommeil qu'un sage doit avoir,

Et disait : deux et deux font trois, ou bien font quatre,

Selon qu'il lui fallait donner ou recevoir.

VII.

Que diable voulez-vous ? c'était là son système,

A cet homme ; — il était romantique, est-ce un tort ?

Et depuis si long-temps que Barême est Barême,

Quand on le referait ? — on a refait plus fort.

Pour peu que notre siècle aille long-temps de même,

Je verrai Dieu refait, sans doute, avant ma mort !

VIII.

Or, il en arriva, comme bien on devine,

Que Mark fut du papa reçu très-froidement ;

Qu'un : « Ma fille est trop jeune et faible de poitrine, »

Fut toute la réponse à son beau compliment ;

Si bien qu'il s'en alla, faisant si triste mine

Qu'on eût dit qu'il venait de son enterrement.

IX.

C'est mal, très-mal d'en rire, — et je sens en mon âme

Un remords qui me dit : « Efface-moi ce mot. »

Eh ! monsieur du remords, j'aime peu qu'on me blâme,

Je vous en avertis ; et vous n'êtes qu'un sot,

Comme tous les remords ; — j'en appelle à madame,

A madame Olny de... Mais bah ! viens là, Margot !

X.

Viens, ma fille au gros rire, à la prunelle noire,

Ma bacchante aux seins nus, dont les riches contours

Sont doux comme satin et fermes comme ivoire ;

Toi qui sais te donner franchement, sans détours,

Et dont aucun remords ne salit la mémoire,

Margot ! à bas l'amour et vivent les amours !

XI.

. . . .

. . . .

. . . .

. . . .

. . . .

. . . .

XII.

A madame Olny de..., disais-je, tout-à-l'heure:

C'est qu'en effet Olny, quelques trois mois après,

Ayant beaucoup pleuré, — vous savez comme on pleure

Quand on est jeune fille? — huit grands jours par regrets,

Quinze par habitude, à moins que l'on n'en meure ;

Mais vous savez aussi que l'on n'en meurt jamais.

XIII.

Quelques trois mois après, Olny, — tout comme une autre,

Était, minuit sonnant, dans l'église, à genoux

A côté d'un monsieur qu'elle aimait — comme un autre,

Car ce monsieur n'était trop bossu ni trop roux ;

Et, selon l'habitude, elle est, — tout comme une autre,

« Maintenant, mère heureuse au bras d'un autre époux. »

XIV.

Et Mark ?— et Mark, parbleu ! fit aussi — comme un autre :

Avec ses bons amis il se grisa le soir ;

S'en alla coucher seul, ou bien — avec une autre,

Je ne sais, et vraiment ne veux pas le savoir ;

Et puis, comme il était poète — comme un autre,

Il fit, *in statu quo*, son ode au désespoir.

XV.

Comme tous les jouets d'une grande infortune,

Et comme tous les gueux qui sont trop gueux chez eux ;

Comme tous les rêveurs, aboyeurs à la lune,

Hurleurs, râcleurs, rimeurs et cætera, tous ceux

Que l'ambition ronge ou la faim importune,

Mark s'en vint à Paris, la ville aux songes creux.

XVI.

Paris fait plus de mal, lui tout seul, à la France,

Que la peste, la guerre et *Vénus* n'en ont fait :

Il n'est fils de maraud, si mince en apparence,

Qui pour avoir été couronné du préfet

De son département, tout bouffi d'arrogance,

Ne tombe dans Paris essayer son effet.

XVII.

De là, tous ces romans qui pleuvent par centaines ;

De là, tout ce gâchis, honte des ateliers ;

De là, tous ces Gilbert qui roucoulent leurs peines,

Ces Chatterton crottés qu'on trouve par milliers ;

Eh ! messieurs, croyez-moi, reprenez vos aleines !

Artistes, mes amis, faites-nous des souliers.

XVIII.

O race de crétins ! race abjecte et moisie !

Bâtards, qui, plaise à Dieu ! ne serez point aïeux,

Race à manger du foin, tu veux de l'ambroisie ?

Tu veux boire à la coupe où s'enivrent les dieux !

Gemmas ante porcos ! — l'ange de poésie,

Le front voilé de l'aile, en pleure dans les cieux.

XIX.

Ange aux yeux bleus, à tresse blonde,

Ange plus beau que Gabriel,

Dont une aile touche le monde

Et dont l'autre touche le ciel,

Quand ta chevelure d'or pâle

Flotte à la brise matinale

Sur ton col blanc veiné d'azur,

L'atmosphère est plus embaumée,

Plus suave que la fumée

Des parfums d'Ophir et d'Assur !

XX

Ta voix est la voix qui console ;

Quand il nous vient un songe noir,

Les rayons de ton auréole

Le colorent comme un beau soir ;

Tu berces de douces pensées

Les longues nuits des fiancées,

Et quand sur leurs lèvres en feu

Une prière se révèle,

Tu prends ton essor avec elle

Et la portes aux pieds de Dieu.

XXI.

Pardon ! pardon ! oh , mon bel ange !
Je l'implore à genoux pour ceux
Qui souillent d'ordure et de fange
Ta blanche robe et tes cheveux !
Pour ceux qui la bouche salie
De baisers impurs et de lie,
Et le cœur tout gonflé de fiel,
Ont mêlé leurs râles de haine
Au souffle ambré de ton haleine,
Leur voix rauque à ta voix de miel.

XXII.

Pardon ! pardon ! il est encore
Des cœurs pleins de chastes pensers !

De saints pensers qui pour éclore
N'attendent qu'un de tes baisers.
Quand la nuit s'étend sur les grèves,
Il se fait encor de doux rêves ;
Car, plein de bonheur ou d'ennui,
Un cœur de vierge ou de poète
Est comme cette fleur discrète
Qui n'a de parfums que la nuit.

XXIII.

Mark n'était point de ceux dont l'ambition folle
Se dresse un piédestal à tous les carrefours ;
Arrange ses cheveux en façon d'auréole,
Se drape en Polymnie, et puis, comme toujours,
Faute d'adorateurs, prêtresse de l'idole,
De louange et d'encens se parfume les jours.

XXIV.

Il savait, un sou près, ce qu'il valait, — c'est rare !

Il pensait qu'il ferait fort mal sur un autel,

Et s'inquiétait peu si Paros ou Carrare

Donnent le plus beau marbre à faire un immortel ;

Puis, il était de peine et de pas fort avare,

Et, par le temps qui court, c'est là son tort réel.

XXV.

Un tort ! et qui dira si c'en est un encore ?

Est-ce un tort au ruisseau de bruire et couler ;

A l'oiseau de chanter, à la rose d'éclore ;

A la brise d'aller où Dieu lui dit d'aller ?

Non, mais l'abeille a tort qui dort après l'aurore ;

Mais l'araignée a tort, qui ne veut pas filer.

XXVI.

Le mal de rime, hélas! l'avait pris de bonne heure,

Et par instinct d'abord il avait donc rimé,

Par habitude après ; jusqu'à ce qu'on en meure,

Quand ce mal-là vous prend, on en est consumé ;

Puis il faut s'étourdir quand on aime et qu'on pleure,

Et Mark pleurait souvent! et Mark avait aimé !

XXVII.

C'est qu'il faut l'avouer, on n'éteint pas son âme !

On s'y fait, malgré soi, comme un vaste trésor

De larmes, de regrets, de soupirs, traits de flamme

Qui vous brûlent la lèvre en prenant leur essor ;

Pauvres oiseaux errants, sans ciel qui les réclame,

Et qui du premier nid se souviennent encor !

XXVIII.

Voilà tout le secret de cette folle vie

Dont Mark jetait aux vents les heures et les jours ;

Pour l'orgie elle-même il n'aimait point l'orgie,

Et les sales amours n'étaient point ses amours.

Il voulait de son cœur chasser la poésie ;

Mais sous un nom chéri l'ange y rentrait toujours.

XXIX.

Sur les deux mains alors se courbait son front blême ;

Des pleurs de sang alors s'échappaient de ses yeux ;

Sa bouche se tordait sous quelqu'affreux blasphème ;

Car lorsque son regard se tournait vers les cieux,

Tout était vide encor, là, comme dans lui même,

Il n'y retrouvait plus son espoir ni ses dieux.

XXX.

Nous sommes ainsi faits, tous autant que nous sommes !

Pauvres aveugles nés, sans chiens et sans bâtons,

Sur ce globe chétif où Dieu parqua les hommes,

Coudoyés, coudoyants, nous marchons à tâtons,

Et, les bras en avant, nous chassons aux fantômes ;

Mais un angle toujours est là que nous heurtons !

XXXI.

C'est que nous n'avons plus, pour nous guider en route,

La foi, sacré flambeau qui guidait nos aïeux !

C'est qu'au siècle maudit ou nous vivons, le doute,

Le doute a mis sa main opaque sur nos yeux ;

Les ailes de Satan font ombre sur la voûte,

Et bornent l'horizon où commencent les cieux.

XXXII.

Le vent d'impiété qui souffle sur le monde

Où donc a-t-il chassé la colonne de feu,

Phare mystérieux, qui, par la nuit profonde,

Éclairait aux déserts les pas du peuple hébreu !

Où donc est-elle, où donc, cette terre féconde,

Cette terre promise à ton peuple, ô mon Dieu !

XXXIII.

Sont-ils passés ces jours de grande poésie,

Où l'ame s'exhalait en sublimes concerts !

Est-il donc accompli le temps de prophétie !

L'astre s'est-il éteint ou perdu par les airs,

Qui jadis, du couchant au berceau du Messie,

Guidait les rois pasteurs à travers les déserts !

XXXIV.

En quels temps vivons-nous, et quelle ère est la nôtre !

Temples, trônes, autels, croulent autour de nous !

L'athéisme en haillons impudemment se vautre

Où nos pères jadis se courbaient à genoux ;

Et s'il naissait encor quelque sublime apôtre,

Nos juifs l'attacheraient encor à quatre clous !

XXXV.

Dieu n'est plus qu'un vieux mot du langage vulgaire ;

La raison orgueilleuse a dépeuplé le ciel !

Où sont-ils ces doux noms qui parfumaient la terre,

Jésus, Joseph, Marie, Ariel, Gabriel !

Doux noms avec lesquels nous berçait notre mère,

Et dont avec son lait elle mêlait le miel !

XXXVI.

Pourtant l'homme a besoin de croire que la tombe
N'est qu'un seuil à franchir et qui le mène ailleurs.
A la vierge qui meurt, au poète qui tombe
Sous les traits de l'amour ou les traits des railleurs,
Il faut pourtant l'espoir qu'un jour, blanche colombe,
Leur âme volera vers des mondes meilleurs (3)....

XXXVII.

Un soir que ces pensers l'assiégeaient dans son ame,
Mark se prit tout-à-coup à se croiser les bras
En s'écriant : Ma foi ! qu'on m'approuve ou me blâme,
Il est temps d'en finir, aussi bien je suis las.
Beau rôle que le mien ! sot acteur d'un sot drame !
Assez de sots joueraient quand je n'y serais pas !

XXXVIII.

Pourtant, lorsque le sort m'a jeté sur ce monde,

Pourquoi faire? il le sait! je m'en lave les mains!

Il ne m'a point pétri de cette fange immonde

Qui lui sert à pétrir les vulgaires humains;

Pourquoi donc sans un but, où mon espoir se fonde,

Suis-je là comme un homme entre quatre chemins?

XXXIX.

Qui me dira lequel des quatre je dois prendre?

Pas une main d'ami qui me prête secours!

Le parti le plus sage est peut-être d'attendre;

Mais lorsqu'on attend seul, si tristes sont les jours!

Et puisqu'il faut d'ailleurs au même but se rendre,

Bien fou le malheureux qui prend par les détours.

XL.

Non ! non ! la mort n'est point cet ignoble squelette,
Qui nous regarde avec deux trous vides au front ;
Dont la bouche grimace, et qui fait sa toilette
Des lambeaux d'un linceuil ; puis, à pas de larron,
Sournoisement nous suit. Non ! la mort ainsi faite
Est celle du méchant ou celle du poltron.

XLI.

Mystérieuse amante, à la fois ange et femme,
La mort veille avec nous la nuit, nous suit le jour ;
A toutes nos douleurs garde un sacré dictame ;
Et puis, l'heure venue, en un baiser d'amour,
Comme une chaste épouse, elle aspire notre ame
Et la ramène au ciel, notre premier séjour.

XLII.

Toi, vers qui souvent, de chagrins affaissée,
Et comme par instinct, mon ame s'envolait,
Couronne-toi de fleurs, ma pâle fiancée,
Ouvre-moi tes bras nus ! — et tandis qu'il parlait
Les yeux levés au ciel, Mark, suivant sa pensée,
Négligemment chargeait un double pistolet.

XLIII.

Mais pour ne pas mourir comme un clerc de notaire,
Ou comme l'épicier, grotesque Chatterton,
Qui nous lègue ses vers afin que l'inventaire
Lui vaille un fait-Paris ou bien un feuilleton,
Mark fit, tout bonnement, le feu son légataire.
Certes, pour un rimeur, le trait est de bon ton.

XLIV.

Le voilà donc jetant, pêle-mêle, à la flamme

Et les vers qu'autrefois il avait animés

Des soupirs de son cœur, des rêves de son ame ;

Et bouquets et rubans, riens charmans parfumés

Des enivrants parfums exhalés de la femme

Qui nous aime — ou de qui nous croyons être aimés !

XLV.

Pitié ! — contre le cœur qui pourra nous défendre !

Si calme que fut Mark et si près d'en finir,

Il sentit sur sa joue une larme descendre

Quand il vit ces trésors d'amour et d'avenir,

Anéantis déjà ! déjà poussière et cendre !

Perdus pour le présent et pour le souvenir !

XLVI.

Soit machinal instinct, ou caprice, ou délire,

Parmi quelques feuillets égarés çà et là

Dans l'âtre, — il en prit un et se mit à le lire ;

Entre ses doigts crispés son pistolet trembla ;

Puis sa bouche sourit d'un dédaigneux sourire,

Ce feuillet contenait des vers, — et les voilà :

LE SAUVAGE DU NIAGARA.

I.

« Sur le Niagara dérivait un sauvage ;

— Il avait bu du rhum à tomber ivre mort ;

Tant bien que mal, enfin, il gagne le rivage,

S'amarre, — roule au fond de sa barque et s'endort.

— L'eau du fleuve était bleue et le ciel sans nuage,

Deux soleils y brillaient comme deux globes d'or.

II.

» Voilà qu'à l'horizon, loin, bien loin, sur la crête

Des montagnes du Sud, parut comme un point blanc,

Comme une tache au ciel sur sa robe de fête,

Un nuage soyeux, dans l'espace roulant,

De ceux que les marins nomment fleurs de tempête ;

Fleurs qu'ils ne voient jamais éclore qu'en tremblant.

III.

» Le nuage grandit sous un coup de tonnerre,

Et de son manteau noir fit ombre à tous les yeux ;

Puis, tout-à-coup, au vent qui souffla de la terre,

Le fleuve se tordit et bondit furieux,

Comme un boa qu'un aigle étreindrait dans sa serre ;

Et se dressa si haut qu'il brisait sur les cieux.

IV.

» Mais soudain l'ouragan, du bout de sa grande aile,

Qui sifflait par les airs comme un vol de vautours,

Rompit l'amarre, au large emporta la nacelle ;

Et la voilà volant plus vive dans son cours

Que ne volent aux vents la feuille ou l'étincelle ;

— Roulé dans son manteau, l'Indien dormait toujours.

V.

» Sur ce concert hurlant des notes inconnues ;

Au milieu de ces chœurs de l'étrange opéra,

Qui, pour orchestre, avait les vagues et les nues,

Une voix dominait comme un morne houra,

Et râlait incessante aux flancs des roches nues :

C'était la voix bramant du vieux Niagara.

10

VI.

» A ce bruit, en sursaut, le sauvage se lève ;
Un frisson glacial lui passe sous la peau,
Ainsi qu'au malheureux bercé par un doux rêve
Et qui s'éveillerait en face du bourreau ;
Car, à cent pas de là, le fleuve sur la grève
En cascade roulait de cent vingt pieds de haut.

VII.

» Malheureux ! à deux mains il ressaisit la rame,
Et de ses bras raidis veut couper le torrent ;
Mais en vain dans ses bras passe toute son ame,
La pirogue s'envole emportée au courant.
Encore quelques pas, quelques pas ! et la lame
Avec lui va rouler au gouffre dévorant.

VIII.

» Oh ! c'eût été spectacle et terrible et sublime

Pour quelqu'un, bien tranquille, assis sur l'un des bords,

Que voir cet homme seul, infaillible victime,

Luttant, la peur à l'ame et la sueur au corps,

Contre ces deux courroux du ciel et de l'abîme

Dont un seul userait mille fois ses efforts.

IX.

» Mais le voilà debout, calme, sans aucun geste ;

Un sourire à la lèvre et dressant le front haut ;

D'un trait il engloutit tout le rhum qui lui reste,

Et, dédaigneusement jetant sa gourde à l'eau,

Il se recouche au fond de sa barque ; puis — zeste,

Une minute après il avait fait le saut. »

EPILOGUE.

XLVII.

Bravo ! s'écria Mark, voilà le vrai courage !

Et je serais moins fort que ce sauvage là ?

Non ! non ! sifflent les vents, hurle et gronde l'orage,

M'emporte le courant où le hasard voudra ;

Le front calme, je veux attendre le naufrage ;

Et vogue la galère où Dieu la conduira...

XLVIII.

Il le faut ! Eh bien soit ! — Guerre au sort qui m'accable,

Et des deux nous verrons qui sera le plus fort.

Si tout n'est pas erreur, le ciel est secourable

Au courage ; — et d'ailleurs, peut être que du bord,

La main de quelqu'ami me jettera le cable

Qui doit me ramener triomphant dans le port !

SONGE D'UNE NUIT D'ÉTÉ.

—

MÉDITATION.

—

Oh! c'est splendide à voir la nuit tranquille et pure,

Lorsque Phœbé, la blonde, au sommet du coteau

Semble une vierge assise, et que sa chevelure

En longs anneaux dorés roule avec le ruisseau !

Oh ! c'est splendide à voir tous ces bouquets d'étoiles

Qui fleurissent alors aux champs du firmament ;

La nuit semble une reine à qui Dieu, son amant,
Prodigue les rubis pour en orner ses voiles.

Au temps du renouveau les vallons et les prés
Sont moins bizarrement brodés et diaprés ;
La fée aux grands trésors, Péri, l'orientale,
N'a point dans ses palais de kiosque où s'étale
Un luxe de saphirs à ce luxe pareil,
Et, lorsqu'en éventail le paon ouvre sa queue,
Ni la topaze d'or ni l'améthyste bleue
N'ont des reflets si beaux aux rayons du soleil.

Les anges vont alors semant par les prairies
Les mots harmonieux, les chastes rêveries ;
C'est alors l'heure sainte où des échos du ciel
S'échappent les accords et les notes de miel,
Essaim mélodieux éclos dans le mystère
Des célestes parvis, et qui s'abat sur terre
Ainsi qu'on voit, le soir, sur les rosiers fleuris
S'abattre en gazouillant un vol de colibris.

C'est l'heure où le poète, errant par les vallées,

Chasse aux illusions, colombes envolées,

Comme il chassait, enfant, de sillons en sillons,

Ses réseaux à la main, les joyeux papillons.

C'est l'heure où les amants cueillent comme fleurettes

Les baisers doux éclos sous leurs bouches discrètes.

C'est l'heure où le plaisir prend son vol vers Paris :

Car il lui faut, à lui, les bruits fous des nuits folles,

L'éclat des diamants, l'éclat des girandoles,

Les vins blonds ruisselants, les amours un peu gris.

Paris ! un monde entier dans une étroite sphère

Se disputant sa part d'une infecte atmosphère !

Quel vertige a donc pris ce pauvre genre humain

Pour se parquer ainsi dans un coin de chemin !

Là, pas un arbrisseau dont la feuille nacrée

Murmure aux vents du soir une note sacrée ;

Pas une pauvre fleur au baiser parfumé

Souriant amoureuse au doux soleil de mai !

Heureuse de la vie, ingénue et joyeuse,

Vous saluant sa sœur, de sa bouche rieuse.

Par les bois et les prés, la plaine et les halliers

Quand l'aurore en fuyant égrenne ses colliers ;

Quand le soleil d'été nous fait l'ombre si douce ;

Quand Cynthie et Vesper vont errant sur la mousse

Pas une heure à donner au doux far niente,

Ce sommeil de l'esprit si plein de volupté !

Tisser, tisser toujours les fils de sa pensée,

Trame de Pénélope à jamais commencée ;

Lutter incessamment contre les mêmes eaux

Et le même courant, comme font ces chevaux

Qui tirent une barque au chemin de halage

Et qui même arrêtée peinent à l'attelage.

Paris ! c'est là Paris, et j'en sais cependant

Qui l'appellent leur ciel !... ô blasphème impudent !

Ils en ont tous menti ces heureux de la terre ;

Le démon a voilé des ombres du mystère

L'horizon hors du monde où commence les cieux,

Et leur ame s'arrête où s'arrêtent leurs yeux.

Le ciel que je rêvais, ascétique poète,

Est pur comme celui qu'un lac d'argent reflète ;

Enfant, je le peuplais de charmans séraphins

Avec des ailes d'or, des cheveux blonds et fins ;

Avec ces douces voix qui disent à l'oreille

De si tendres chansons à l'enfant qui sommeille.

Et puis je me prenais, instinct des malheureux !

A vouloir être mort pour aller avec eux ;

Mais Dieu n'a pas voulu : sur ce sol de misère

Il m'a fallu marcher les pieds dans la poussière ;

Par un âpre chemin et des sentiers étroits,

Il m'a fallu porter une bien lourde croix !

Et cependant encor, dans mes nuits d'insomnie,

Quand la douleur a mis mon cœur à l'agonie,

Qu'une larme de feu tremble au ciel de mes yeux,

Alors je pense à *vous*, et me souviens des cieux !

Mais au lieu de mourir maintenant, je veux vivre,

Vivre pour votre amour, dont le parfum m'enivre

Enfant ! Et pour puiser sur vos lèvres en fleurs

Ainsi que fait l'abeille un baume à mes douleurs.

Je n'aurai donc jamais sur la colline verte,

Où mes aïeux jadis avaient tours et château,

Une blanche maison aux quatre vents ouverte,

Aux pieds d'un bois assise et se mirant dans l'eau !

Entre les volets verts, les jasmins et les treilles

Tressent leurs blanches fleurs et leurs grappes vermeilles ;

Des pigeons châtoyans roucoulent sur le toit ;

Un acacia blanc la couronne et l'ombrage,

Refuge des oiseaux contre les vents d'orage,

Indice hospitalier au pauvre qui le voit.

Un parterre tout plein de fleurs, riche corbeille

Qui parfume la nuit mon sommeil ou ma veille ;

Un horizon qui court par la plaine et les monts ;

Du soleil plein les yeux, de l'air plein les poumons !

De tous mes songes fous, envolés par le monde,

Papillons d'or éclos dans mon cœur de vingt ans,

Et qui, l'aile trop faible, ont tenté les autans,

Je n'en rappelle qu'un de ma voix inféconde :

Au seuil de la famille attendre mes vieux jours ;

Ne faire qu'un à tous, être sûr que toujours

La bouche qui me parle est une bouche amie,

Et, comme la colombe en son nid endormie,

Sous l'aile de mon ame avoir tous mes amours.

FIN.

NOTES.

(1) Ces deux vers sont de Casimir Delavigne dans la belle tragédie du *Paria*.

(2) Nodier raconte qu'un roi de Perse étant malade, son médecin lui ordonna, pour remède, de revêtir la chemise d'un homme parfaitement heureux ; on n'en trouva qu'un, BABOUK. — Il n'avait pas de chemise.

(3) Cette strophe a été faite à *l'heure* où ce malheureux Hégésippe Moreau mourait à l'hôpital. Je ne veux rien voir là, et je ne vois rien qu'un hasard ; mais, dussé-je passer pour esprit faible, ce hasard m'apparaît toujours, et malgré moi, comme appartenant à un ordre de chose en dehors du monde. Il se combine si fatalement avec le titre du livre que nous a laissé Moreau : le MYOSOTIS, — *ne m'oubliez pas !* — Et avec ces quelques mots tombés de la plume de Pyat dans le

compte-rendu de cette œuvre : « *Je vous dis, moi, que voilà un poète,*
» *un grand poète ! le laisserons nous mourir, lui aussi ?* » — Deux
mois après, je donnais le bras à Pyat, de l'hôpital de la Charité au ci-
metière du Mont-Parnasse !

Un parti politique a voulu faire de Moreau l'un de ses *adelphes* ; ce
parti a tort, ne fût-ce que pour avoir attendu si tard. Je ne rappelerai
rien ici de ce que certains journaux ont dit à ce sujet ; mais je ne puis
m'empêcher de citer le sonnet suivant, extrait du brillant recueil que
vient de publier mon ami, le comte Ferdinand de Grammont.

O Moreau ! c'est à toi, martyr, que j'en appelle,
A toi dont la misère a dévoré le corps,
Et dont l'esprit hautain n'a, de tant de trésors,
Jeté qu'un riche essai dans la dure coupelle !

Il n'importe ; le plomb qu'on remue à la pelle
De l'argent quelquefois affecte les dehors :
Mais au premier coup d'air tous ses reflets sont morts ;
La lime le dédaigne et sous l'ongle il se pèle.

Toi donc qui fus poète, et dans l'âme, et vraiment,
Dis-nous si les remords de ton enterrement,
Jeune homme, ont eu raison de ta misanthropie.

De l'asile où déjà tu chantes à longs traits,
Dis-nous ce que te font de cette terre impie
Et la pauvre louange et les tardifs regrets !